새벽에 눈을 뜨면 가야 할 곳이 있다

새벽에 눈을 뜨면 가야 할 곳이 있다

민 영 시 집

창비

차 례

序詩

다시는 오지 않으리라
꽃도 철 따라 피지 않으리라
그리고 구름도
嶺 넘어 오지는 않으리라

나 혼자 남으리라
남아서 깊은 산 산새처럼
노래를 부르리라
긴 밤을 새워 편지를 쓰리라

제1부

이 가을에

가을이 깊다.
이역만리 먼 곳에서 날아온 새들이
갈대밭에 내려앉아 지친 몸을 쉬고,
이슬에 젖은 연분홍 꽃잎들이
불어오는 바람에 깃을 여민다.

생각해보아라
얼마나 모진 세월을 살아왔는지,
이제 너에게 남겨진 일은
그 거칠고 사나운 역사 속에서
말없이 떠난 이들을 추념하는 일이다.

아, 모두 어디로 갔단 말이냐
끝까지 올곧고 아름다웠던 젊은이들,
시월 상달 이 눈부신
서릿발 치는 푸른 날빛 속에서
어디로 가야 만나볼 수 있단 말이냐!

바람의 길

바람은 어디서 불어와 어디로 날아가는가?
바람은 저 남쪽 쪽빛 바다에서 불어왔다가
아스라이 눈 덮인 저 북쪽 높은 산으로 날아가고,
다시 발길을 돌려 남쪽에 있는 섬나라로 돌아온다.

술 한잔 마시고 비틀거리는 걸음걸이로
지하철역을 찾아가는 노숙자처럼
예측 불허의 바람은 끊임없이 찾아왔다가
불가사의한 우주의 궁륭, 하늘로 날아간다.

바람이여 불어오너라, 내 젊은 날
검은 머리 휘날리며 바다의 神을 찾아다닐 때
더할 나위 없이 다정한 친구였던 바람이여
불어오너라, 저 바다 건너 섬마을의
외딴집을 찾아갈 때까지!

새벽에 눈을 뜨면

새벽에 눈을 뜨면
가야 할 곳이 있다.
밤새도록 뒤척이며 잠 이루지 못하다
새벽에 눈뜨면 가야 할 곳이 있다.
울타리 밖에 내리는 파리한 눈,
눈송이를 후려치는 아라사 바람이
수천마리의 양처럼 떼지어 달려와서
왕소나무 숲을 뒤흔드는 망각의 땅,
고구려와 발해의 옛 터전을
새벽에 눈을 뜨면 찾아가야 한다.

그곳을 떠나온 지도
육십년이 지났다. 그곳에는 아직
돌아오지 못한 슬픈 아비가
해란강 언덕 위 흙 속에 누워 있고,
늙어서 허리가 굽은 옛 동무들이
강둑에 나앉아 담배를 피우고 있다.
고삐 풀린 망아지처럼 뛰어다니던

뒷동산 언덕 위의 넓은 풀밭과
얼굴이 하도 고와 뒤쫓아다니던
왕가네 호떡집 딸 링링도 살고 있다.

이토록 바람 불고 추운 날에는
검은 털모자로 얼굴을 가리고
말 타고 달려오던 녹림의 호걸들,
그 마적들이 외치는 군호 소리에
어린 나를 끌어안고 가슴 조이던
애젊은 오마니도 이제는 없다.
장백산 올라가는 멧등길에
하얗게 피어 있던 백도라지 꽃,
그 북간도의 화전 마을을
새벽에 눈을 뜨면 찾아가야 한다.
더 늦기 전에!

가을날

고추잠자리가 날아간다

구름 사이로 열린

새파란 하늘을 향해

온몸이 달아오른 고추잠자리가

유리빛 날개를 파닥거리며

쏜살같이 날아간다

허공에 비친 깊은 호수가

하느님의 눈동자라도 되는 양.

봄을 기다리며

입춘 지나고 닷새째 되는 날
장안교 다리 위에서
얼음 밑으로 흐르는 강물을 보았다.

바람은 아직도 험상궂고 쌀쌀해
머리 위에 뒤집어쓴 빵떡모자를
날아갈 듯이 후려치고 있지만

그래, 네 맘대로 해봐라!
아무리 앙탈을 부려도 너는 가고
꽃 피는 새봄이 돌아오리니,

가지 않는 겨울을 매섭게 노려보며
궐련 한 개비를 지그시 입에 문다,
쓴 담배 연기가 꿀맛 같다.

새의 길

길을 찾아 나선 것이 아니다
길은 처음부터 있지 않았다.
우거진 수풀과 돌무더기를 헤치고
강이 내려다보이는 절벽 위에 섰을 때
길은 끊어지고 흔적조차 없었다.

— 이제 어디로 가야 하지?

뒤쫓아오는 두려움에 식은땀이 흐를 때
강 건너 저편에서 불 하나가 보였다.
소리 없이 흐르는 캄캄한 강물
더는 망설일 틈이 없었다.
몸이 바람을 타고 날아오르자
눈앞에 새의 길이 나타났다.

날개야 돋아라
날자, 날자, 날자, 한번만 더 날아보자꾸나!*

* 이상의 「날개」에서.

돌산에서

달이 떴다.

산으로 올라가는 오솔길을
허우적거리며 찾아간 채석장,
깎여나간 암벽들이
십육 나한처럼 늘어서 있다.

달빛 푸르고
바람 시원한 팔월 한가위,
떨어져나간 화강암 덩어리가
하늘을 보며 울고 있다.
미처 이루지 못한 성불의 염원 때문일까?

맨바닥에 떨어진 낙석 위에 앉아서
궐련 한 개비를 향불인 양 태운다.
아, 이제야 열반에 드신 그분 곁으로
가는 길을 찾았나보다.

출항의 꿈
그곳은 늙은이의 나라가 아니다*

아직은 때가 아니라지만
이따금 나는 기적을 울리며 떠나가는
출항의 꿈을 꿀 때가 있다.
부두에서는 작별의 환송객들이
손수건을 흔들고, 오색 테이프 나부끼는
조타실에 우뚝 서서 나는
저 멀리 동쪽 하늘에 떠오르는
붉은 태양을 바라보며
결의에 찬 눈빛으로 이별을 고한다.
더러는 바람 부는 거리에 두고 온
인연이 서러워 가슴 아플 적도 있지만,
돌고래 헤엄치는 새파란 물굽이와
연어떼 몰려오는 먼 바다를 지그시 내다보며
출항의 깃발을 높이 올린다.
아직은 때가 아니라고 말하기도 하지만……

*예이츠의 시 「배를 타고 비잔티움으로 가다」 첫 구절.

격양가

땅에서 뽑아든 흙 묻은 손을
하늘 높이 들어 보이는
농부들의 기쁨을 아시는가?

들에는 마지막 이삭이 익고
바람 빛나고
구름 날아가고
먼 하늘에 펄럭이는 두레의 깃발.

비록 제값 받긴 어렵더라도
땀 흘려 거둔 가을 노동의 손을
힘차게 흔들며 노래하는 기쁨을
아시는가 벗이여,

시월 상달 선들바람에!

늦가을 단풍

저 건너

용마산 골짜기에

활활 타오르는

늦가을 단풍!

새들은 울면서 날아가는데

기댈 곳 없이 떠도는 영혼이여

어느 하늘 밑 땅을 찾아가느냐?

冬至의 시

나무들은 모두
깊은 잠에 빠져 있다.

지난 봄
수많은 푸른 잎 사이로
비단같이 보드라운 꽃을 피우던
나무들은 시방
바람이 불어도 미동조차 하지 않는다.

줄기 사이로 새봄을 준비하는
꽃몽우리를 속껍질 속에 숨긴 채
난세를 참고 견디는 선비같이
눈을 감고 있다, 말없이!

모기에 관한 단상

내가 너를 위해
피를 모아둔 지도 꽤 오래다.
새파란 젊음이 스러진 자리에는
검은 재만 남고, 몸 안에서 출렁이던
생명의 물은 날이 갈수록 줄어들고 있다.

내 유년의 물놀이 친구였던
장구벌레야, 웅덩이에 괸 물을
퍼내야 할 때가 돌아오지 않았느냐?
경비행기의 프로펠러 소리를 울리며
강 건너 저편에서 네가 날아오를 때
내 메마른 입술은 발갛게 상기된다.

내 귀에 갑자기
아마존 밀림에서 우는
극락조 날갯짓 소리가 들려온다.
은하계에 박혀 있던 별 하나가
반짝! 눈앞으로 다가오고,

잉여의 피를 뽑아버린
영혼의 터빈이 힘차게 돌아간다.

나는 너를 믿는다. 이것이
너와 나 사이의 약속임을 알고 있다.
늙고 병든 상처마다 찾아다니는
꿈의 벌새, 너는 내 영원한
구원의 사냥꾼이다.

가을 나무

사람은 제 운명을 모르지만
나무는 제 갈 길을 알고 있다.
봄 여름 지나고 가을,
가지마다 무성한 푸른 잎 벗어던지고
갖은 욕망 다 털어버리고
저 깊은 대지의 품에 안겨
소리 없이 잠들고 싶다고.
그러다 겨울이 가고 새봄이 와
들에 산에 냇가에 풀잎 돋으면
긴 잠에서 깨어나
밝아오는 푸른 하늘 우러르고 싶다고.
지리지리 지리리 지리지리 지리리
날개 끝에 바람을 달고
온몸으로 노래하는 종달새처럼
살고 싶다고, 죽고 싶다고!

겨울 초성리*에서

강은 바닥이 보일 만큼 말라 있었다.
여기저기 하얗게 얼어붙은 얼음장들이
강물의 얼굴을 상포인 양 가리고
동족끼리의 싸움에서 이기고 죽었노라는
기념비가 둑에서 저만치 떨어진 곳에 서 있었다.
저 멀리 소리 없이 꿇어 엎드린
한겨울의 산들, 이 땅에서 숨진
청춘들은 지금 어느 곳에 누워 있느냐?
총소리와 대포 소리, 적들이 불던
나팔 소리는 정적 속에 사그라지고
보초를 서던 초성리 정거장 앞마당에는
태극기가 휘날리고 있다.

---

*초성리(哨城里)는 경기도 연천군 한탄강변에 있는 나루터. 한국전
 쟁 때 그 강을 사이에 두고 아군과 적군 사이에 처절한 전투가 벌
 어졌었다.

겨울 강에서

찬바람이 불어도 아이들은
강에서 얼음을 지치며 놀고 있다.
부모는 오래전에 집을 떠났고
아이들은 조부모와 함께 산다.
할아버지는 길에서 휴지를 줍고
할머니는 가게 앞에 놓인 박스를 주워
고물상에 갖다 주고 쌀을 산다.
해가 뉘엿뉘엿 서산에 걸려도
아이들은 돌아갈 생각을 하지 않는다.
이따금 지나가던 아주머니가
얘들아, 뭘 하고 있니, 집에 안 가고?
소리치지만 아이들은 유리창에 불 켜진
아파트만 멍하니 바라보며
집으로 갈 엄두를 내지 않는다.
누가 저 아이들을 돌려보낼 수 있겠느냐
눅눅하고 쓸쓸한 지하 단칸 셋방에!
지켜보던 나그네 마음이 심란하기만 하다.

제2부

매화를 기다리며

저 남녘 땅 어디에는
세월 따라 매화가 피었다지만
한양에 있는 우리 집 마당에는
우수 경칩 다 지났건만 피지 않았네.

매화야 매화야,
네 차디찬 몸 피어나지 않으면
바람 소리 요란한 이 강촌에
휘파람새도 꾀꼬리도 날아오지 않는단다.

어렵사리 눈만 뜬 매화나무 아래
꽃 피는 시간을 하염없이 기다리며
피리 불고 북 치며 홀린 듯이 불러보는
봄의 혼, 나의 가슴에!

소야곡

하모니카가 지나간다.
야심한 시간 11시 35분
손님이라곤 없는 전동차 안에서
잘 있거라 나는 간다
이별의 말도 없이……
하모니카 소리가 지나간다.

한 손에는 동냥그릇
또 한 손에는 악기를 들고
비실비실 뒤뚱뒤뚱
앞 못 보는 하모니카가
하루의 노동으로 곯아떨어진 승객들 사이로
소야곡을 울리며 지나간다.

비무장지대에서

여기서 북쪽으로 눈을 돌리면
육십년 전에 떠나온
고향 마을이 보인다.

불에 타 허물어진 돌담 곁에
접시꽃 한 송이가
빨갛게 피어 있다.

애들아, 다 어디 있니,
밥은 먹었니,
아프지는 않니?

보고 싶구나!

하늘나리꽃

저 어둡고 쓸쓸한 밤하늘
빛의 미립자가 모여서 소용돌이치는
안드로메다 성운 속에
눈먼 부스러기별 한알을 던졌다.

구름 위를 날아가던 새파란 새가
그 별을 물고 지상으로 내려갔다.

함경북도 무산군 영북면
두만강변에 가보아라.
깎아지른 절벽 위에
하늘나리꽃 한 송이 피어 있으리니……

비 오는 날

새 한마리 날아가네

때 묻은 솜뭉텅이 흐린 하늘에

새 한마리 울면서

구름 속으로 날아가네

온 누리에 부슬비

소리 없이 내리는 날!

다시, 이 가을에

용마산 꼭대기에 흰 구름이 떠 있다.
하늘은 새파랗게 개어 산들바람 불어오고
강물은 티 없이 맑아
두루미 서너마리가 춤추듯이 날아간다.

이 가을에
아버지는 저 멀리
북만주 땅에 누워 계시고,
어머니는 저 산 너머
용인 땅에 누워 계시다.

이제 며칠 후면 추석이라는데,
오래도록 잊고 살아온 두분의 모습이
불현듯이 떠오른다, 눈앞에!

호궁* 소리

황사바람 날리는 막북의 땅을 지나
은성한 도읍의 성문 앞에 섰을 때
호궁 켜는 노인이 내게 물었다.

──어디로 가는 길인가?

──어디로 가는지 저도 모릅니다.

──저도 모르면서 어디까지 가려고 하는가?

──집 잃은 자의 길이 다 그런 게 아닐까요.

──옳거니, 자네하고는 말이 되는 것 같군.

그러더니 노인은
배꼽 밑에 찬 낡은 자루에서 무언가를 꺼내주었다.

──그게 뭡니까?

─불에 볶은 호밀 가루야.
성문을 지나서 안으로 들어가면
늙은 회화나무 아래 우물이 있을 걸세.
그 물에 이 가루를 타 마시고 길을 떠나게나.

─고맙습니다, 사부님!

여러날 동안 배고팠던 내가
노인이 준 선물을
허겁지겁 받아들고 고개를 들었을 때
그곳에는 아무것도 없었다.
은성한 고을의 크나큰 성문도
호궁 켜는 노인도 어디론가 사라지고,
두 손에 받아든 호밀 가루만이
바람에 흐느끼듯 날아가고 있었다.

*호궁(胡弓)은 대나무로 만든 통에 가죽을 입히고 줄을 건 후 말총
  으로 된 활로 연주하는 현악기.

흔적

아무도 그를 보지 못했다.

바람에 흔들리는

타마리스크 나무 아래 앉아 있을 때

그는 떠나고

흔적조차 없었다.

묻지 마라!

갈대밭에서

저 누렇게 시든 갈대밭에서
쇠기러기들 떠난 지 얼마나 되었느냐.

해는 타오르며 바다로 떨어지고
바람 소리 요란한 갯벌에 어둠이 내리면

줄기마다 칼이 꽂힌 갈댓잎 사이로
달이 뜬다 달이 뜬다 물안개 속에.

그 물안개 헤치고 들려오는 울음소리
어디 있느냐, 어디 있느냐, 달빛에 젖은

기다림에 지친 보고 싶은 얼굴들.
어디 갔다 인제 오느냐 기러기처럼!

매지리에서 쑥을 캐며

지난 4월의 어느날
매지리로 간다니까 아내는
쑥을 캐 가져오라고 말했다.
맷돌에 갈아서 체로 친 미분에
물에 씻은 봄쑥을 넣어
쑥버무리를 만들면 예전에 떠나온
고향 생각이 날 거라고 하면서.

강원도 원주시 흥업면
매지리에는 토지문학관이 있다.
지금은 버릴 것 다 버리고
이승을 떠난 박경리 선생이
온 힘과 정성을 기울여 세우신
젊은 문학도들의 아카데미아다.
그 문학관 주변의 들과 산에는
파르무레한 쑥들이 지천으로 깔려 있다.

병환이 도져 서울로 가셨다는

주인 없는 그 집에서 나는
밤이면 글을 쓰고, 낮에는
산과 들을 헤매고 다니면서
새들의 울음소리에 귀를 기울이고
파랗게 돋은 쑥을 캐어 봉지에 담았다.
늙어서도 고웁고 소박하시던
선생님의 모습을 먼 하늘에 떠올리며.

"버리고 갈 것만 남아서
참 홀가분하다"고 노래하신 선생님은
얼마 후에 빈손으로 돌아가시고,
나는 미처 선생께서 가셨다는 소식을
듣지도 못한 채 매지리를 떠났다.
내 가슴을 아프게 울린 그 한마디를
마음속에 간직한 채!

평사리에서

섬진강 오백리 길

서희* 만나러 왔다가
서희는 만나지 못하고
백운산 기슭에 하얗게 핀
매화만 보고 가네.

그 어디 강마을에
외기러기 호올로 날아가더냐?

* 서희(西姬)는 얼마 전에 돌아가신 박경리 선생의 대하소설『토지』
의 여주인공.

晚年

예전에 읽은 다자이 오사무*의 소설에
「만년」이란 단편이 있었다.
다자이 오사무는 그 만년이 오기도 전에
바다에 몸을 던져 죽었지만,
죽을 때 한 여자를 가슴에 안고
동반 자살을 했다고 한다.
최근에 낸 시집 뒷글에서 도종환 시인은
내 시를 '만년시'란 낯선 이름으로 불렀으나,
나는 과연 내가 만년이란 정거장에 도달했는지
지금도 확신이 서지 않는다.
내게는 아직 같이 죽을 여자가 없고
같이 죽을 여자가 없는 만년은 쓸쓸하다.
해 저문 바닷가에서 물새들의 울음소리를 들으며
내게도 하루속히 그날이 오기를 기다린다.

* 다자이 오사무(太宰治): 일본 근대의 소설가.

별꽃

바람 끝이 매서운 이른 봄날
개울가 풀밭에 별처럼 생긴
작은 꽃이 고개를 내밀었다.

산수유도 진달래도 피지 않은
때아닌 계절에 이 꽃은
누구를 믿고 피어났을까?

그래서 나는
이 파란 꽃이 닮고 싶어하는
하늘의 별에게 기도를 드리기로 했다.

별님, 이 가련한 꽃이
모지락스러운 찬바람에
움츠러들지 않도록 보살펴주십시오.

이 외롭고 가난한 꽃이
이 땅을 찾아오는 봄의

첫 손님이 되도록 도와주십시오.

작고 하찮은 목숨까지
어여삐 여겨주시는 별님,
병들어 만신창이 된 이 국토에 핀
꽃 한 송이를 지켜주십시오.

기차를 잘못 내리고

날이 저물어 초저녁인데
사람이라곤 없는 시골 정거장,
모자에 금테 두른 역장이 나와
차표를 살펴보며 말을 걸었다.

손님이 내릴 곳은 여기가 아닙니다,
아직도 몇 정거장 더 가야 하지요.

그런데 역장님,
왜 이렇게 힘이 들지요?
의자가 망가져서 치받는 것도 아닌데……

이 양반아,
나는 새벽에 나오면 밤늦게까지
이 쓸쓸한 간이역을 지키고 있다오.
설마 당신이 나보다 더
힘들다고는 하지 않겠지요?

어느덧 역사 안에 불이 켜지고
난로 위의 주전자가 끓고 있었다.
역장이 손짓으로 나를 불렀다.

철없는 길손이여,
이리 와서 차나 한잔 드시고 가소.
다음번 열차가 들어올 때까지!

소록도*에서

서럽게 살다가 외롭게 죽은
한 남자의 뒷모습을 보고 왔다.
사람 축에도 짐승 축에도 끼지 못해
만신창이 된 병든 몸을 이끌고
숨 막히는 전라도 황톳길을 걸어서
이곳까지 흘러온 天刑의 시인.

육지와 섬 사이의 바다가
배꼽 밑으로 흘러내린
청바지처럼 누워 있는 소록도.

성한 목숨이라곤 없는 유배의 땅에서
자살조차 할 수 없었던 그 사내가
남은 발가락 다 떨어질 때까지
찾아서 헤맨 꽃 청산.
바윗돌에 새겨진 시 한수를 읽으며
문득 '보리피리' 소리를 들었다.

*소록도에는 천형의 시인 한하운(韓何雲)의 시비가 있다.

제3부

부활

겨우내
추워서 몸살을 앓다가
새파랗게 되살아난
맥문동 잎

봄비!

이름 모르는 새싹에게

이제 매운바람 다 가시고
갯버드나무에 보얗게 꽃 피었으니
어디론가 가야겠구나
남쪽 하늘을 바라보며.

옥양목 두루마기 한벌
쌍그렇게 지어 입고
정처 없이 떠나야겠구나
휘파람을 불면서.

애들아, 지난 겨울의 칼날 같은 바람이
너희들을 짓이겼을지라도
죽지는 않았겠지, 힘은 들었을지라도.
너희들도 함께 가자!

꿈에 본 어머니에게

어머니,
제가 사는 이 세상
왜 이렇게 눈부신가요?

새들은 새들끼리
굴참나무 숲에서 지저귀고,
하늘에는 새털구름
강물처럼 흘러갑니다.

어머니 계신 그 세상에도
보리이삭 파랗게 패었습니까?
저 앞 새밋들에
실개천 한 오리 반짝이며 흘러가고,
자운영 핀 밭둑 위에
노랑나비 춤추며 날아갑니다.

봄, 중랑천에서

이제야 저 머나먼 남쪽 하늘에서
봄이 오나보다 꽃단장하고.
철모르는 겨울의 넝마꾼들이
온 세상에 차디찬 눈보라를 몰고 와
흐르는 강물을 얼어붙게 하고
날아오는 물새까지 도망치게 하더니,

이제야 봄이 와
쓸쓸한 강둑에 풀싹이 돋아나고
실버드나무 가지에도 푸른빛이 감돈다.
정녕 이제야 갈 곳 모르던
이 마음에도 깃털이 돋나보다
흰 무명옷 갈아입고 길 떠나야 할······

목백일홍

그 나무는 멀리서도 잘 보였다.
자비사에서 어림잡아 십여리
금등산 중턱에 서 있는 그 나무는
불꽃처럼 활활 타오르고 있었다.

"저 나무의 이름이 무엇이지요?"
하고 물었더니,
싸리비로 마당을 쓸던 노스님이
"목백일홍이지요" 하고 대답했다.

목백일홍 목백일홍……
백일 동안 피었다 지는 남도의 꽃.

오십년 전이던가, 육십년 전이던가
저 산에서 싸우다 죽은 슬픈 이들이
넋으로 피워올린 항쟁의 꽃, 망향의 꽃
목백일홍!

봄소식

연이틀 내리던 작달비 그친 뒤
아파트 옥상 피뢰침 꼭대기에 날아와 우는
꼬리가 하얀 작은 새.

부채질하듯 온몸을 흔들면서
좋아 죽겠다는 듯이 호들갑을 떠는
크기가 송편만 한 깝죽새.

이제 곧 봄이 온다는 신호일까,
강 언덕에 제비꽃이 피어난다는 뜻일까?
그 소리 그 몸짓이 반갑구나.

멧비둘기 소리

멧비둘기가 운다.
외롭고 쓸쓸한 겨울이 가고
꽃 피는 새봄이 돌아온다고
구국 구우꾹 갈참나무 숲에서
멧비둘기가 운다 머나먼 산길.

멧비둘기 울면 누가 오려나?
집 나간 아버지는 돌아올 줄 모르고
영마루에 웬 남자 혼자 앉아서
등짐을 내려놓고 담배를 탠다.
장에 간 어머니도 아니 오는데……

제주 시편

멀리서 바다가
흰 거품을 물고 달려오는 게 보인다.

해변의 검은 바위 앞에서
불을 쬐던 해녀들이 하나씩 일어나
물옷을 갈아입고 휘파람을 불면서
바다 속으로 뛰어든다.

문득,
입수하기 전에 한 해녀가
육지에서 찾아온 철없는 길손에게
넌지시 일러준 말 한마디가 생각난다.

──우리는 늙어가도 바당*은 그대로우다.

* '바당'은 '바다'의 제주도 방언.

은행나무의 꿈

그 어느날
깊은 잠에서 깨어나 먼 산을 바라보면
하늘의 불과 바람으로 노랗게 물든
은행나무가 되고 싶다.

사람들은 다 나간 텅 빈 굿판에서
가지마다 무성한 부채를 들고
이승에서의 허물 헌옷인 양 벗어던지며
두 팔 높이 들어 살풀이춤을 추는
은행나무.

이따금 멧비둘기도 날아와 우는
해질녘 뜨락에서 나 홀로!

늦가을 햇빛

병든 아내의 손톱을 깎아주고
화초에 물 주고
무심히 고개를 들어 쳐다본
늦가을 햇빛.

어디선가
휘파람새 날아가는 소리
휘이 휫 잽싸게 들려오고
새파란 하늘 위에
비늘구름 날아가고……

도로아미타불 관세음보살
철없이 웃는 아내의 얼굴에 비친
연분홍빛 노을.

해 저무는 거리에서

바람이 불면
해 저무는 거리에 굴러다니는
낙엽을 보며
어디로 가느냐고 묻고 싶어진다.

가랑 가랑 가랑잎,
저 북악산 골짜기에서 불어오는
강풍에 휩싸여 힘없이 날아가는
초겨울의 마른 잎들.

문득 을씨년스러운 그 낙엽들이
재개발 지역에서 쫓겨난 철거민처럼 느껴진다.
살아온 날의 절반을 또다시 집 없이 헤매야 할
내 이웃들의 모습이.

햇볕 모으기

이제부터 나는
햇볕을 사랑하기로 했네.
그 옛날, 만주에 있는 우리 집 토담 밑에서
아편쟁이 중국 노인이
때 묻은 저고리 풀어 헤치고
뼈만 남은 앙상한 가슴에
햇볕을 그러모으며 졸고 있었듯이.

그러기에 눈 어둡고
고개 휘는 시절 앞에 선 나도
볼품없이 여윈 몸뚱어리에
햇볕을 조금씩 모아 담기로 했네.
하늘에 매달린 용광로에서
하느님이 내려주시는 생명의 불을
다소곳이 모아 간직하기 위해!

그럴 수 있는 날이
얼마나 남았는지 모르겠지만……

잠 안 오는 밤에

잠 안 오는 밤에는
하얀 유리잔에 포도주를 따라 마시고
자리에 눕는다.
이 진보랏빛 포도주가 모래알처럼 흩어진
내 의식을 진정시키고
안식의 세계로 이끌어주길 바라면서……

내 불면의 밤은 이렇게
휘몰아치는 거센 파도처럼 밀려왔다가
끝없는 심연으로 가라앉는다.
문득 그 무의식의 영사막 위에
오래전에 떠난 고향 마을이 나타나고,
숨바꼭질을 하던 옛 동무들이
요지경처럼 비칠 때도 있다.
지금은 머리카락이 실몽당이같이
하얗게 바래고 허리가 굽었을 그 아이들,
아직도 그곳에 살고나 있는 걸까?

잠 안 오는 밤에
포도주 한잔을 따라 마시면
예전에 잊어버린 고향 마을이 보인다.

바리소*에서

그 일이 언제인지 알 수 없으나
솔가지로 엮은 섶다리 건너
머리에 고깔 쓴 여승 하나이
바리소 너머 산속으로 숨어든 것이.

난리통에 자식 잃고
미쳐서 헤매다가 찾아온 여인이냐,
무정한 사내에게 버림을 받고
길가에 피었다가 짓밟힌 노방화냐?
놋쇠로 만든 바리 하나 손에 들고
나무관세음보살 나무관세음보살⋯⋯

──할!

가버린 것을 슬퍼하지 말고
오지 않는 것을 기다리지 말라.
오지 않는 것을 못 잊어 찾고
가버린 것을 슬퍼한다면

시간의 칼에 베인 풀잎처럼
몸과 마음이 시들어버리리라.

* 바리소는 강원도 영월군 동강에 있는 못.

매미

　지은 지 삼십년이 된 낡은 아파트지만 잘 자란 나무와 풀밭이 있어서 지낼 만하다. 나는 아침마다 그 풀밭에서 체조를 하고 아이들이 타고 노는 뺑뺑이틀에 매달려 "야, 신난다, 야, 신난다!" 하면서 웃는다.

　가끔 벚나무 우듬지에 매달려 우는 매미의 노래를 듣는 재미도 있지만, 살그머니 다가가서 잡으려고 하면 매미는 울음을 뚝 그치고 화들짝 날아간다. 유리에 비단 무늬가 새겨진 투명한 날개를 파닥거리며.

　젊은 매미다. 늙은 매미는 울지도 못하고 매미채 없는 아이들 손에도 잘 잡힌다. 어떤 아이는 그렇게 잡은 매미를 그물통에 넣어 들고 다닌다. 예전에는 거리에서 소리 지르는 학생들을 경찰이 잡아 닭장차에 신고 갔었지.

　매미는 시인이다. 불과 7일밖에 살지 못하는 생명의 향연을 위해 7년 동안이나 땅속에 갇혀서 지낸다. 아이들이 매미의 그런 운명을 알았다면 죄 없는 그들을 잡아 통에 넣고

다니진 않았을 것을⋯⋯

　매미는 슬프다!

제4부

꿈

밤이면 나무들이
소리 없이 자라는 것이 보인다.
육신의 눈에는 안 보이지만
고요히 감은 영혼의 눈에
봉오리 맺힌 꽃들도 보이는 것 같다.

철조망으로 가로막힌 일만 이천 봉,
밤이면 그 모습도 보이는 것 같다.
깊고 푸른 산골짜기에
하늘빛 도라지꽃을 안아 키우고
가난하지만 순박한 나무꾼들을
그 땅에 모아들여 살게 만든 풍악산.

밤이면 단풍나뭇잎 흔드는 바람 소리로
의지할 곳 없이 헤매는 나를 부르던
고향 마을의 등불도 보이는 것 같다.

애가

그 처절했던 전쟁의 불길이 잠시 멈추고
남쪽으로 피란 갔던 사람들이 다시
서울로 돌아오던 날,
부산역 승강장 수많은 인파 속에서
너를 언뜻 먼발치로 보았건만
손수건을 흔들면서 부를 사이도 없이
너는 떠났다, 기적 소리와 함께.

순옥아, 너 지금 어디 있느냐?

그동안 육십년 세월이 지나갔다.
목화송이같이 뽀유스름한 얼굴에
구름처럼 휘날리던 검은 머리카락,
너는 해방 이듬해에 내 고향 철원에서
피란민들 틈에 끼여 나와 함께 월남한
열네살짜리 소녀였다.

생각나니, 1950년 6월 25일

북한 인민군이 남쪽으로 쳐내려왔을 때
우리는 용산역에서 피란열차를 타고
저 남쪽에 있는 항구도시 부산으로 내려갔었지.
거기서 나는 부두 노동을 하고
나보다 한살 위인 너는
세라복을 입고 여학교를 다녔다.
그 무렵 네가 나에게 김소월 시집을 빌려주며
너는 이담에 커서 시인이 되라고 한 말,
나는 지금도 잊지 않고 있다.

그후 나는 서울로 돌아와
네가 살고 있음직한 충무로와 을지로,
종로와 명동 거리를 샅샅이 누비고 다녔으나
너는 끝내 내 앞에 나타나지 않았다.
지금은 그 고운 얼굴에 주름이 지고
검은 머리도 하얗게 바랬을 테지만
내 눈에는 아직도 애젊은 네 모습만 보인다.

순옥아, 너 지금 어디서
무엇을 하며 살고 있느냐?
새벽종이 울 때마다 보고 싶었다!

大雪의 시

온 세상에 함박눈이 쏟아지던 날
저 건너 용마산 꼭대기에도
하얀 눈이 쌓였다. 그 모습이 마치
산 위에 하늘못이 있는 장백산 같다.

지금으로부터 칠십년 전에
일본놈 순사한테 두들겨 맞고
말없이 흐느껴 울던 불쌍한 아버지가
지금도 그 산 밑에 유연히 흐르는
해란강 언덕 위에 누워 있다.

북녘에서 불어오는 시베리아 바람이
하늘 높이 눈송이를 말아올리자
그 땅에서 잠든 흰옷 입은 사람들이
한꺼번에 일어나 두 팔 높이 들고
"조선 독립 만세!"를 불렀다.

이제 대설이 지나면 섣달 그믐,

파랗게 얼어붙은 하늘에
기러기들이 편대 비행을 하며 남쪽으로 날아가고,
저 멀리 아득한 지평선 너머에서
붉은 해가 불끈 솟아오를 것이다.

창밖으로 동부 간선도로를 바라보며

차는 끊임없이
남쪽에서 북쪽으로 달려가고 있건만
나는 더이상 갈 곳이 없다.
저 차를 타고 신나게 달려가도
가로막힌 군사분계선 근처가 고작일 텐데,
아무것도 없는 불타버린 집터와
굶주린 검독수리만 내려앉는 그 땅에
나는 무엇하러 가야 한단 말이냐!
버들피리 불며 불며 노래 부르던
내 유년의 그리운 고향은
날이 갈수록 삭막해지고 있는데,
이토록 어정쩡한 모습으로 나는 왜
그곳으로 찾아가야 한단 말이냐.
차는 꼬리를 물고 달려가고 있건만
내가 찾아가야 할 유년의 보금자리는
어디 있단 말이냐, 목이 메인다.

고속도로 위에서

어디로 가고 있느냐
새벽부터 밤중까지 바퀴에 불을 달고
정처 없이 달려가는 떠돌이의 무리들,
어디로 가고 있단 말이냐?

이 나라 이 도시의 어느 항구에
그들이 머물 안식처가 있단 말이냐,
미구에 다가올 비극의 얼굴도 모르면서
풍악을 울리며 아스팔트의 바다를
표류하는 광란의 에뜨랑제.

사람의 길은 끝이 있는 법인데
이처럼 정신없이 무작정 달려가서
무엇을 얻으려고 하느냐? 별안간
전조등 앞에 나타난 안개의 벽,
기적을 울리며 닻 내릴 틈도 없이
육박하는 그것, 슬픈 처용!
우리는 우리가 가는 길을 모릅니다, 님이시여.

달에 관한 명상

정월 대보름날,
밤하늘에 떠오른 영롱한 달에
쇠똥 같은 인간의 신발 자국이
찍혀 있는 사진을 보니 기가 막혔다.

수백만 볼트의 자기를 지닌
우주의 바람 magnetic storm이여,
날려버려라, 저 오만한
인간의 때꼽재기가 묻은 똥덩어리를!
우주 바깥으로 몰아내어
다시는 돌아오지 못할 미아로 만들어버려라.

달아 달아 밝은 달아
이태백이 놀던 달아,
강물에 빠진 달을 건지려다 죽은
시인은 지금 어느 곳에 누워 있느냐?

이카로스의 귀환

저 멀리 울창한 나무숲에는 서리가 내리고
창세의 날처럼 검은 하늘은 맑게 개어 별이 빛난다.
끝없이 펼쳐진 아르카디아 평원은
목동의 피리 소리도 없이 조용하고
올림포스의 산들은 뚜렷이 그림자를 드러냈다.
소리 없이 숨은 깊은 계곡에서는 이따금
얼음장 깨지는 소리가 들린다.

지극히 높은 곳에 계신 분이여,
제 날개의 밀랍이 다 녹을 때까지
얼마를 더 날아가야 당신의 신전 앞에 다다를 수 있습니까?
나는 가난하고 어리석지만
타인의 식탁 앞에서 군침을 흘리며
접시에 놓인 떡을 훔칠 만큼 무모하지는 않습니다.
부디 당신의 정원 앞에서 지친 날개를 쉬게 하시고
밝아오는 새 아침에 비상할 수 있도록 도와주십시오.

여명

새벽이 오고 있다.
어둠을 몰아내기 위해 켠 등불이
유언도 없이 사라지자
이 땅에 잠시 침묵의 시간이 깃든다.

한밤의 어둠 속에서 날아다니던
박쥐와 날벌레들이 자취를 감추고,
도시의 골목길에서 소경들이 부는
피리 소리가 구슬프게 들려온다.

이제 밤이 끝났다는 신호일까?
나무숲에서 눈뜬 새들이
날개를 퍼덕이며 거리로 내려오고
사원의 종소리가 잠든 영혼을 흔들어 깨운다.

자, 우리 모두 두 팔 높이 들고
눈부신 여명을 맞이하기 위해
산으로 올라가자.

새파란 오존 향기가

무리지어 흐르는 우리들의 본향으로!

독도

그 섬이
언제부터 거기에 있었던가?

신라 문무왕
동해의 용왕이 된 그 임금 이전부터,
혁거세와 동명성왕
아사달에 도읍을 정한 단군 왕검
그 이전부터,
하늘과 땅이 처음 열리고
해와 달이 눈부시게 빛날 때부터
그 섬은 거기에 있었다.

백두의 큰 줄기 힘차게 뻗어내려
붓끝으로 삐쳐 올라간 반도의 부리
해맞이 마을 영일만에서
고래잡이로 살아가던 한 사내가 바다 저편에서 밀려오는
사악한 힘을 물리치기 위해
수자리 떠나온 지도 아득한 세월.

그 씩씩하고 날렵한 젊은이
외롭지만 의로운 사나이가
꽃 같은 새댁 뭍에다 두고
조국의 방패 되어
이 섬으로 달려온 지도 반백년.

밤하늘에 먹구름 깔리고
거센 파도 바위 우에 몰아칠 때마다
두 눈 똑바로 뜨고
수평선 너머를 노려보면서
게 누구냐, 썩 물러가지 못할까!
눈보라 속에 치켜든 의지의 횃불,

독도는 우리 땅이다!

북명의 바다*

1

어젯밤 선창가 주막에서
늦도록 술을 마시다가
예쁠 것도 없는 철 지난 작부의
손에 이끌려 뭇 사내들 살비린내 나는 방에서
팔을 베고 누워 잠이 들었다.

시간이 얼마나 지났을까?
불현듯이 목이 말라 일어나보니
옆에 있던 계집은 어디론가 사라지고,
어두컴컴한 새벽 하늘에서
은전 같은 별들이 반짝이고 있었다.

자, 출항이다, 닻을 올려라!
잠에서 깬 어부들의 외침이 들려오자
붉은 해가 수평선에서 불끈 솟아올랐다.

*『장자』의 「소요유(逍遙遊)」에 나오는 "北溟有魚 其名爲鯤"에서 따온 것.

2

우리가 가려는 곳은 마카오도 아니고
자카르타도 아니다. 검은 안개 하얀 눈,
거대한 얼음덩어리가 떠다니는
북명의 바다다. 성난 바다표범은
유빙 위에 앉아서 달을 보며 울부짖고,
거대한 혹등고래가 파도를 가르며
헤엄치는 곳. 배고픈 북극곰들이
얼음 위에 구멍을 뚫고 먹이를 찾는다.

하늘을 떼지어 날아다니는 갈매기들아,
비록 물고기를 많이 잡아 뱃구레를 채우진 못했으나
오로라가 흐느끼는 이 극한의 바다 위에서
머물 곳 없이 유랑하는 어부들에게
편히 쉴 곳을 점지해다오.
우리 모두 끊임없이 요동치는 바다의 요람 위에서
해조음을 들으며 잠들고자 하노니……

베수비오 화산에서
반복

이런 곳에서 당신을 만날 줄은 몰랐소, 하드리안.
하드리안, 이런 곳에서 당신을 만날 줄은 몰랐소.

여기는 플루토의 나라의 입구, 하드리안.
하드리안, 여기는 플루토의 나라의 입구.

갈라진 돌틈으로 지열(地熱) 뿜어오르고, 하드리안.
하드리안, 갈라진 돌틈으로 지열 뿜어오르고.

안개 속에 엿보이는 저승의 풍경, 하드리안.
하드리안, 안개 속에 엿보이는 저승의 풍경.

이 만남 끝나면 어디서 또 만나리, 하드리안.
하드리안, 이 만남 끝나면 어디서 또 만나리.

비는 왜 이렇게 억수로 쏟아지는지, 하드리안.
하드리안, 비는 왜 이렇게 억수로 쏟아지는지.

영원에서 맞부딪치는 순간의 불꽃, 하드리안.
하드리안, 영원에서 맞부딪치는 순간의 불꽃.

의지할 곳 없이 떠도는 사랑스런 영혼이여,* 하드리안.
하드리안, 의지할 곳 없이 떠도는 사랑스런 영혼이여!

*이 한 줄은 로마 황제 하드리아누스의 시에서 따온 것이다.

1946년 봄 만주 화룡역에서*

눈이 내린다.
장백산에서 불어오는 차디찬 바람이
화룡평야 넓은 들판에 아우성을 울리며
눈이 내린다.

부흥촌과 개산골 간척민 부락을 지나
국경으로 가는 기차를 타려고
여기까지 왔으나, 화룡에서 용정을 지나
도문으로 가는 차는 조금 전에
기적 소리를 울리며 떠난 뒤였다.

──이제 어디로 가야 하지?

휑뎅그렁한 대합실에는
낯선 중국 여자가 난로 옆에서
발을 구르며 서 있었고,
하루에 한번밖에 오지 않는 기차는
하루가 지나야 올 것이므로
이 을씨년스러운 역사 안에서

하염없이 기다리고 있는 것도 무모한 노릇,
다시 걸어서 마을로 돌아가야 하나?

화룡에는 지금 누가 살고 있나,
내 어린 시절의 보금자리였던
이곳으로 날 데려온 아버지는
지난해에 돌아가시고, 쉰이 넘은
어머니가 혼자 창밖을 내다보고 계실 것이다.

휘몰아치는 설한풍에 굽은 소나무와
사시나무 떨듯 흔들리는 가로수를 지나서
얼마를 가야 집에 닿을 것이며,
아버지가 생전에 말씀하시던
내 고향 철원에는 언제 갈 수 있단 말이냐!
가슴이 답답하고 어지럽기만 하다.

* 화룡(和龍)은 옛 만주국 간도성에 있는 소도시. 내가 어렸을 때 부
  모와 함께 가서 살던 곳이다.

1946년 초여름 두만강에서

남평역*에서 이삿짐 실은 트럭을 타고
두만강 기슭까지 달려오자
눈앞에 우뚝 솟은 벼랑이 나타났다.

절벽 위 큰길에서는
쏘련군 병사들이 어깨에 총을 메고
군가를 부르며 어디론가 가고 있는데,
대장처럼 보이는 젊은 장교가
입에 문 담배를 탁! 뱉어버리고
손을 들었다.

우렁찬 노랫소리가 대번에 멎자
그들은 우리를 향해 뭐라고 지껄이며 손짓을 했다.
흰옷 입은 조선 사람을 처음 보는 건 아닐 텐데
로스께들은 "까레이스끼, 까레이스끼……"
손가락질을 하며 너털웃음을 웃었다.

여기가 과연 우리 땅이냐?

뗏목을 타고 두만강을 건너왔지만
우리는 아무래도 잘못 온 것만 같아
저 멀리 언덕 위에 서 있는
조선인민군 초소를 멍하니 쳐다보았다.

*남평역은 화룡에서 남쪽 십리 바깥에 있는 역참(驛站). 두만강 건
 너 조선으로 가는 귀향민들은 이곳에서 트럭을 타고 달려갔다. 감
 시가 심한 중국 관헌들의 눈을 피하기 위해서였다.

겨울 들판에서

벌써 저
시끄럽게 떠드는 바깥세상에
나가지 않은 지도 석달이 지났다.

매서운 설한풍에 나뭇잎은 시들어
속절없이 떨어져서 땅 위에 눕고,
언제까지 그래야만 하는지
깊은 정적 속에 휩싸인 들판은
날이 갈수록 삭막해지고 있다.

이제 어디로 가서
누구를 만나야 할 것인가?

이 땅을 다녀간 수많은 순례자들은
모두 흔적도 없이 사라지고,
예리한 얼음으로 뒤덮인 강물을 바라보며
어느 꽃 피는 계절을 꿈꾸어야 할지
아득하기만 하다.

사라지는 것들이 주는 힘

김응교

　아주 멀리 사라져가는 생애의 흔적들이 우리에게 주는 의미는 무엇일까. 가족이 있고 친구도 있건만 인간은 왜 지나간 순간을 떠올려야 할까. 아프고 쓸쓸한 세상살이를 겪은 후에 왜 고통스러웠을 아마득한 과거를 또다시 회상해야 할까.

　1972년 출판된 첫 시집 『단장(斷章)』부터 2007년에 나온 여덟번째 시집 『방울새에게』, 여기에 2004년에 나온 시선집 『달밤』까지 하면 이번 시집은 열번째 시집이다. 1~3부는 2007년부터 2012년 겨울까지 6년간 발표된 작품들이고, 4부는 2012년 겨울부터 시집이 나오기 전까지 창작된 최근작이다.

　이번 시집의 뼈대를 이루는 것은 만주에 대한 기억이다. 시집 앞부분에는 프롤로그처럼 시 「새벽에 눈을 뜨면」

이 저 멀리 만주 시절을 담고 있고, 시집 마지막 부분에는 「1946년 봄 만주 화룡역에서」와 「1946년 초여름 두만강에서」가 에필로그처럼 시집을 마감하고 있다.

> 그곳을 떠나온 지도
> 육십년이 지났다. 그곳에는 아직
> 돌아오지 못한 슬픈 아비가
> 해란강 언덕 위 흙 속에 누워 있고,
> 늙어서 허리가 굽은 옛 동무들이
> 강둑에 나앉아 담배를 피우고 있다.
> 고삐 풀린 망아지처럼 뛰어다니던
> 뒷동산 언덕 위의 넓은 풀밭과
> 얼굴이 하도 고와 뒤쫓아다니던
> 왕가네 호떡집 딸 링링도 살고 있다.
>
> ─「새벽에 눈을 뜨면」 부분

시인은 네살 때 아버지의 부름을 받고 어머니와 함께 만주 간도성 화룡현으로 가 낯선 곳에서 소학교를 다녔다. 3학년 때 이미 작가가 되겠다는 꿈을 꾸었던 소년은 몸이 약해 학교에 자주는 못 갔지만 책을 손에서 놓지 않았다. 시인에게 북간도는 "슬픈 아비가 / 해란강 언덕 위 흙 속에 누워 있"는 곳이다. "흰옷 입은 사람들이 / 한꺼번에 일어나 두 팔 높이 들고"(「大雪의 시」) '조선 독립 만세'를 외쳤던 잊을 수 없는 또 하나의 고향이다. 이제 "아버지는 저 멀리/북만주 땅에 누워 계시고,/어머니는 저 산 너머/용인 땅에 누워"(「다시, 이 가을에」) 있는 지금, 시인은 까마득히 사라져가는 과거를 기억해내며 "그 북간도의 화전 마을을/새벽에 눈을 뜨면 찾아가야 한다"(「새벽에 눈을 뜨면」)고 직정(直情)으로 노래한다.

시인의 기억을 읽으면서, 독자는 되돌아갈 수 없는 기나긴 세월의 '사이'에 놓이게 된다. 그 '사이'를 시인은 '지금-여기'로 끌어당기고 있다. 이 시집에서 과거의 기억은 죽음이라는 실존적 한계상황과 연관되어 회감(回感)되고 있다.

죽음의 역동성

제목만 보면 「늦가을 단풍」「冬至의 시」「늦가을 햇빛」「해 저무는 거리에서」「겨울 들판에서」처럼 그림자의 시간을 상상케 하는 표현들이 많다. 봄에 대한 시도 있지만, 겨울을 배경으로 하고 있다. "새파란 젊음이 스러진 자리에는/검은 재만 남고, 몸 안에서 출렁이던/생명의 물은 날이 갈수록 줄어들고 있다"(「모기에 관한 단상」)는 구체적인 소멸의 이미지도 자주 나타난다. 그리고 떠나간 이들을 끊임없이 호명한다.

> 아, 모두 어디로 갔단 말이냐
> 끝까지 올곧고 아름다웠던 젊은이들,
> 시월 상달 이 눈부신
> 서릿발 치는 푸른 날빛 속에서
> 어디로 가야 만나볼 수 있단 말이냐!
>
> ──「이 가을에」 부분

> 순옥아, 너 지금 어디서
> 무엇을 하며 살고 있느냐?
> 새벽종이 울 때마다 보고 싶었다!
>
> ──「애가」 부분

1934년 철원에서 태어난 시인은 "육십년 전에 떠나온/고향 마을"을 그리워한다. 철원은 전쟁 지역이었기 때문에 "불에 타 허물어진 돌담 곁에/접시꽃 한 송이가/빨갛게 피어 있"고, 시인은 "얘들아, 다 어디 있니,/밥은 먹었니,/아프지는 않니?"(「비무장지대에서」)라며 떠나간 이들을 호명한다. "나는 더이상 갈 곳이 없다"(「창밖으로 동부 간선도로를 바라보며」)고 목이 메어 토로하는 시인에게 고향은 날이 갈

수록 멀어지고 있다. 상실된 고향, 사라진 이웃을 호명하는
것은 그 한계상황에 절망하는 것이 아니라, 그 결핍을 직시
하여 오히려 한계상황을 의미있는 시간으로 바꾸고자 하기
때문일 것이다.

　　바람은 어디서 불어와 어디로 날아가는가?
　　바람은 저 남쪽 쪽빛 바다에서 불어왔다가
　　아스라이 눈 덮인 저 북쪽 높은 산으로 날아가고,
　　다시 발길을 돌려 남쪽에 있는 섬나라로 돌아온다.

　　술 한잔 마시고 비틀거리는 걸음걸이로
　　지하철역을 찾아가는 노숙자처럼
　　예측 불허의 바람은 끊임없이 찾아왔다가
　　불가사의한 우주의 궁륭, 하늘로 날아간다.

　　바람이여 불어오너라, 내 젊은 날
　　검은 머리 휘날리며 바다의 神을 찾아다닐 때
　　더할 나위 없이 다정한 친구였던 바람이여
　　불어오너라, 저 바다 건너 섬마을의
　　외딴집을 찾아갈 때까지!

　　　　　　　　　　　　　　　　　　　——「바람의 길」전문

철저하게 외로운, 마치 바람과 같은 '나'는 무엇을 해야하고, 어떻게 살아야 하며, 어떻게 행동해야 하느냐, 시인은 끊임없이 묻고 있다. 부단한 자기초월에 의해 본래적인 자기를 되찾으려는 자기회복의 시혼(詩魂)이라 할 수 있을 것이다. 이 시혼은 철저하게 운명에 맞서는 단독성에서 비롯된다. 하이데거의 말을 빌리지 않더라도, 불안 혹은 죽음을 자각한다는 것은 본래적인 자기 모습 곧 실존을 자각한다는 뜻이다. 죽음의 불안을 자각하는 인간은 끊임없이 묻는다.

　　안개 속에 엿보이는 저승의 풍경, 하드리안.
　　하드리안, 안개 속에 엿보이는 저승의 풍경.

　　이 만남 끝나면 어디서 또 만나리, 하드리안.
　　하드리안, 이 만남 끝나면 어디서 또 만나리.

　　비는 왜 이렇게 억수로 쏟아지는지, 하드리안.
　　하드리안, 비는 왜 이렇게 억수로 쏟아지는지.

　　영원에서 맞부딪치는 순간의 불꽃, 하드리안.
　　하드리안, 영원에서 맞부딪치는 순간의 불꽃.
　　　　　　　　　　　　　　　──「베수비오 화산에서」 부분

베수비오 화산은 서기 79년 8월 24일 아침에 폭발하여 로마 제국의 고대도시 폼페이를 덮쳤던 화산이다. "갈라진 돌틈으로 지열(地熱) 뿜어오르"는 폼페이에서 시인은 "저승의 풍경"을 상상한다. 시인이 호명하고 있는 하드리안은 로마 황제 하드리아누스를 말한다. 스코틀랜드까지 진격할 때 로마 병정들과 함께 훈련하고 함께 행군했다던 전설적인 황제이다. 수많은 신전과 기념비를 세우는 등 건축에도 힘을 기울인 정력적인 황제였지만, 그도 결국은 세상을 떠나야 했다.

이 시는 시인이 하드리안에게 묻는 방식으로 쓰여 있다. 상문(相聞)의 대화가 아니라 질문만 있다. 그런데 그 형식이 특이하다. 한 연이 두 행으로 되어 있는 8연의 시인데, 하드리안에게 건네는 말이 1행과 2행에 도치되어 반복되고 있는 특이한 형식이다. 인간은 끊임없이 실존에 대해 무한한 질문을 하지만, 그 답은 쉽게 얻을 수 없다. "의지할 곳 없이 떠도는 사랑스런 영혼"이라는 확인이 그 답일 수 있을 것이다. '반복'이라는 시의 부제처럼, 우리는 반복해서 결국 우리 자신이 "의지할 곳 없이 떠도는 사랑스런 영혼"이라는 사실을 깨달을 뿐이다. 인간의 마지막 존엄은 "사랑스런 영혼"이라는 사실을 시인은 역설적으로 내놓는다.

불안의 근원은 인간이 죽음이라는 한계상황에 놓여 있다는 사실에서 비롯된다. 인간의 유한성을 자각한다는 것은 즉 실존을 자각한다는 말이다. 실존을 자각하는 사람은 흐르는 시간을 그대로 두지 않는다. 민영 시인의 죽음 의식은 우리에게 바로 이 실존의식을 깨닫게 해준다. 그래서,

> 그래, 네 맘대로 해봐라!
> 아무리 앙탈을 부려도 너는 가고
> 꽃 피는 새봄이 돌아오리니,
>
> 가지 않는 겨울을 매섭게 노려보며
> 궐련 한 개비를 지그시 입에 문다,
> 쓴 담배 연기가 꿀맛 같다.
>
> ──「봄을 기다리며」 부분

라며 시인은 비루한 시대와 넉넉하게 맞선다. "쓴 담배 연기" 같은 "가지 않는 겨울을" "꿀맛"으로 여기는 노장의 넉넉한 낙관성이 자연스럽게 표현되어 있다. 이런 단계에 이르면 깨달은 자가 생각하는 죽음은 현존재의 가장 고유하고 확실한 '미지의 가능성'이 된다. 살아가는 시간 속에 늘 죽음을 의식하고 있기에 삶과 죽음이 따로 떨어져 있지 않다. "온몸으로 노래하는 종달새처럼/살고 싶다고, 죽고 싶다고!"(「가을 나무」) 노래할 수 있는 것도 그 때문이다. 시인은 자신의 한계를 미리 달려가 밝힌다. 그렇다고 "내게도

하루속히 그날이 오기를 기다린다"(「晩年」)라는 말을 유서쯤으로 생각하면 안된다. 극단적인 죽음에의 유혹은 자신의 삶에 대한 극단적인 가능성이기도 하기 때문이다. 이쯤되면 죽음은 새로운 실존적 가능성이 된다.

그리고 그는 이제 어디로 가야 할지 스스로에게 묻는다.

뒤쫓아오는 두려움에 식은땀이 흐를 때
강 건너 저편에서 불 하나가 보였다.
소리 없이 흐르는 캄캄한 강물
더는 망설일 틈이 없었다.
몸이 바람을 타고 날아오르자
눈앞에 새의 길이 나타났다.

날개야 돋아라
날자, 날자, 날자, 한번만 더 날아보자꾸나!
　　　　　　　　　　　　　　　　──「새의 길」 부분

인생의 '저 너머'란 존재하지 않는다. 그러나 그것은 물리적인 시간의 한계일 뿐, 시인은 보이지 않는 영혼의 길, "새의 길"을 꿈꾼다. 인생의 최종 현상인 죽음은 인생 전체에 영향을 미친다. 인생은 죽음을 정면으로 대응하느냐 하지 않느냐에 따라 한계지어진다. "새의 길"을 확인하면서 시인의 인생길은 무한한 한계가 없는 하늘 길, "새의 길"로 이어진다. 이렇게 보면 죽음은 '의미를 회복한 죽음'이 되고, 의미있는 죽음으로 말미암아 이 인생은 오히려 유일하게 의미있는 삶으로 되살 수 있게 된다.

죽음의 의미를 자각할 때 "궐련 한 개비를 향불인 양 태운다./아, 이제야 열반에 드신 그분 곁으로/가는 길을 찾았나보다"(「돌산에서」)라는 넉넉함이 가능해진다. 딱 한번밖에 없는 이 죽음은 곧 '나의 죽음'이고, 그것을 피하지 않고 정면으로 받아들일 때 죽음은 나의 인생을 꾸며주는 전혀 다른 의미로 전이된다. 나는 나의 인생을 책임져야 할 존재인 동시에 나의 죽음도 책임져야 할 존재라는 자각을 가질 때, 죽음은 '나의 인생'을 넉넉하게 만들어주는 역동성으로 기능하는 것이다.

고독을 넘어서는 독존성

이 시집의 「序詩」는 시인의 모든 마음을 요약하고 있다.

다시는 오지 않으리라
꽃도 철 따라 피지 않으리라
그리고 구름도

嶺 넘어 오지는 않으리라

나 혼자 남으리라
남아서 깊은 산 산새처럼
노래를 부르리라
긴 밤을 새워 편지를 쓰리라

——「序詩」 전문

"다시는 오지 않으리라"고, 시인은 인간의 한계상황을 명확히 알고 있다. "나 혼자 남으리라"는 단독성이 이 시집을 관통하고 있지만, 시인은 그저 자기만 홀로 있는 것이 아니라 우주와 역사와 이웃과 함께하고 있다. 그래서 "깊은 산 산새처럼" 노래 부르고 밤새워 편지도 쓴다. 이러한 상황에서 홀로 있음은 그냥 있는 것이 아니라 홀로 존귀함, 즉 독존(獨尊)이다. 이 독존성은 나 자신이 주인으로 홀로 있다는 선언인 동시에, 나와 관계 맺고 있는 모든 주체가 곧 주인이라는 경의(敬意)이기도 하다. 그래서 이웃을 묵상하는 것은 독존자에게는 너무도 당연한 것이다.

이러한 자각은 자신과 이어져 있는 관계망, 즉 가족과 사회, 국가, 지구 공동체를 한몸으로 인식하게 한다. 그래서 "내가 너를 위해/피를 모아둔 지도 꽤 오래다"(「모기에 관한 단상」)라는 표현도 가능해진다. 이 자각은 자신의 마음으로 이어져 있는 집착에서 벗어나는 깨침의 영역을 열어준다.

이러한 깨침을 통해 자신의 내면과 외부를 향하는 시선이 한몸에서 만날 때 우리는 진정한 영혼의 화평에 대해 노래할 수 있다. 그렇기에 깊은 잠에 빠져 있는 것처럼 보이는 나무들도 시인의 눈에는 "줄기 사이로 새봄을 준비하는/꽃몽우리를 속껍질 속에 숨긴 채/난세를 참고 견디는 선비"(「冬至의 시」)처럼 보이는 것이다. 곧은 언어를 만들어내는 내면의 강고함이 어두운 시대에 맞서고 있는 상태, 내면적 평화가 곧 외면적 평화인 이 지점에서 독존성은 완성된다. 그래서 이 독존성은 외골수 고독에 갇혀 있지 않다. 시인은 부모 없이 자라며 폐지를 주워 파는 할아버지 할머니를 기다리는 아이들을 보며 "누가 저 아이들을 돌려보낼 수 있겠느냐/눅눅하고 쓸쓸한 지하 단칸 셋방에!"(「겨울 강에서」)라며 이웃에 대한 끊임없는 마음을 드러낸다.

독존성의 자각은 내 좁은 삶의 영역을 넘어서는 것이다. 우주적 관계성을 자각한 바탕 위에서는 개인의 생명과 삶이 자신의 것만이 아니라는 자각이 가능해진다. 물론 시인은 "언제 갈 수 있단 말이냐!"(「1946년 봄 만주 화룡역에서」), "여기가 과연 우리 땅이냐?"(「1946년 초여름 두만강에서」)라며 지리적인 공간과 물질적인 시간을 그리워한다. 그러면서도 그것을 토대로 삼아 자기 자신에 대한 엄격한 시선과 이웃에 대한 따뜻한 시선을 동시에 품는다. 그래서 이러한 희망의 시가 가능해진다.

> 이제부터 나는
> 햇볕을 사랑하기로 했네.
> 그 옛날, 만주에 있는 우리 집 토담 밑에서
> 아편쟁이 중국 노인이
> 때 묻은 저고리 풀어 헤치고
> 뼈만 남은 앙상한 가슴에
> 햇볕을 그러모으며 졸고 있었듯이.
>
> 그러기에 눈 어둡고
> 고개 휘는 시절 앞에 선 나도
> 볼품없이 여윈 몸뚱어리에
> 햇볕을 조금씩 모아 담기로 했네.
> 하늘에 매달린 용광로에서
> 하느님이 내려주시는 생명의 불을
> 다소곳이 모아 간직하기 위해!
>
> 그럴 수 있는 날이
> 얼마나 남았는지 모르겠지만……
>
> ──「햇볕 모으기」 전문

햇볕은 무엇일까. 햇볕은 우주의 근원적인 따스함, 결백, 순결의 원형이 아닐까. 가령 윤동주가 "죽는 날까지 하늘을 우러러"라고 했을 때의 '하늘'이 햇빛과 닮은 상징이 아닐까. 시인은 저 조건 없는 무한성을 사랑하겠다고 한다. 과거 시간의 의미를 오늘에 되살리고 미래를 바라보는 시인은 "아편쟁이 중국 노인이" "햇볕을 그러모으며 졸고 있었듯이" 자신이 살았던 만주에 대한 기억을 잊지 않으면서 '지금-여기'에서 "햇볕을 사랑하기로" 한다.

2연의 "눈 어둡고 / 고개 휘는 시절 앞에 선 나도 / 볼품없이 여윈 몸뚱어리에 / 햇볕을 조금씩 모아 담기로 했네"라는 구절은 팔순의 시인이 후배들에게 주는 약속이며 권고일 것이다. "햇볕을 조금씩 모아 담기로 했네"라는 구절은 얼마나 희망적인가. "하늘에 매달린 용광로에서" 내려오는 "생명의 불"을 다소곳이 모으는 시인의 마음에서 우리는 지구의 생명과 이웃들과 한몸이 된다. 여기서 시인의 고향 만주는 아마득한 시공간을 넘어서 "산으로 올라가자. / 새파란 오존 향기가 / 무리지어 흐르는 우리들의 본향으로!" (「여명」)라는 미래적 시공간으로 되살아난다.

다만 마지막 연의 "그럴 수 있는 날이 / 얼마나 남았는지 모르겠지만"이라는 구절이 안타깝기만 하다. 지상의 아름다움과 함께하는 시간이 얼마나 남았는지 모르겠다는 이 갈등, 실존의 한계상황과 또 그것을 극복하고자 하는 의지,

그 '사이'를 이 시집은 보여준다. 만주와 철원이라는 아마득한 과거와 지금의 시간 '사이'에는 부산 피란민 시절, 출판사를 했던 서울 시절 등 많은 이야기가 생략되어 있다. 그리고 갑자기 "얼마나 남았는지" 모를 미래의 한계상황으로 건너뛴다. 이 '사이'가 멀면 멀수록 독자는 아스라한 안타까움에 몰입된다. 시인은 찾아갈 수도 없는 과거의 시간과, 앞으로 살아갈 시간이 짧아지고 있다는 안타까움, 그 '사이'를 기어가며 넘어서고자 하는 포월(匍越)의 다짐을 "햇볕을 조금씩 모아 담기로 했네"라는 대가(大家)다운 표현으로 담담하게 보여준다.

과거라는 시공간은 아무것도 없이 사라진 어머니의 자궁처럼 이제 텅 비어 있다. 텅 비어 있기에 무한한 상상력이 가능하다. 프로이트가 '모성회귀본능'이라는 말로 설명했듯이, 인간에게는 고향을 통해 무한한 원형성과 판타지의 힘을 회복하고 싶어하는 무의식이 있다. 백석은 과거를 회상하는 시 「가즈랑집」 「모닥불」 등을 통해 유년 시절의 즐거움을 명랑하게 재현해내며 평안도 공동체를 영원한 판타지로 살려놓았다. 한편 신동엽은 서사시 『금강』의 과거 회상을 통해 '농업공동체 — 갑오농민전쟁 — 3·1독립운동 — 4·19학생운동'으로 이어지는 메시아적 사건을 복원시켰다. 백석이나 신동엽과 달리, 민영의 아마득한 과거 회상은 인간의 한계상황과 갈등하며 오늘에 힘을 주는 나지

막하고 고담(枯淡)한 품격을 보여주고 있다. 과장하지 않은 서정적 고백이기에 공감의 울림은 더욱 크다.

1990년대 초 민영 시인을 중심으로 몇몇 작가들과 철원에 문학기행을 갔던 적이 있다. 소설가 이태준 생가 터와 파괴된 노동당 당사 건물 등을 보고 돌아오는 버스 안에서 시인은 대표작 「엉겅퀴꽃」을 나직이 노래 불러주셨다. 그 무렵 어떤 문학상 심사에서 내가 예심을 보고 선생께서 본심을 보신 적이 있는데, 그때 중랑천 옆 댁에서 너무도 꼼꼼하게 시를 검토하시던 모습을 넋 잃고 오래 바라보던 기억도 있다. 그 여름날은 이미 이십여년 전으로 밀려났다. 이제 선생님은 시문학사에 기록된 거목이시다. 늘 조용히 다감하게 말하는 곡진한 성정이 시 한편 한편에 물너울 번져 있는 시집, 자신에 대한 치열한 냉엄성과 이웃을 향한 무한한 애정이 겹치는, 냉엄과 온정이 공존하는 세계가 이번 시집이다. 사라지는 것들을 끌어안고 한계상황에 맞서는 시인의 저 고독한 독존성이야말로 이 시집이 우리에게 주는 종요로운 선물이다.

金應敎 | 시인, 문학평론가

　드디어 여든살 고개를 넘으며 아홉번째 시집을 내게 되었다. 그동안 적지 않이 힘든 고비를 넘겼으나, 그럴 때마다 나를 세워준 것은 참으로 아름다운 시 한편을 쓰고자 하는 간절한 소망과, 저 아득한 곳에서 나를 지켜봐주시는 오직 한분의 스승이 계셨기 때문이었다.

　이제 더 할 말이 뭐가 남았겠는가. 시를 쓴다는 것이 예전이나 지금이나 그 힘든 작업에 비해 소득이 적은 예술이라는 것은 다 아는 사실이지만, 나는 이제껏 불평한 적이 없다. 그것만이 내가 할 수 있는 유일한 노동, 유일한 기쁨이었기 때문이다. 여기까지 나를 이끌어준 여러 독자와 벗들에게 고마움을 표한다.

2013년 초가을에

민영

창비시선 367

새벽에 눈을 뜨면 가야 할 곳이 있다

초판 1쇄 발행 / 2013년 9월 20일

지은이 / 민영
펴낸이 / 강일우
책임편집 / 이상술
펴낸곳 / (주)창비
등록 / 1986년 8월 5일 제85호
주소 / 413-120 경기도 파주시 회동길 184
전화 / 031-955-3333
팩시밀리 / 영업 031-955-3399 편집 031-955-3400
홈페이지 / www.changbi.com
전자우편 / lit@changbi.com

ⓒ 민영 2013
ISBN 978-89-364-2367-4 03810